Friedrich Jacob Kurt Geissler

Ist die Einwirkung eines freien Willens räumlich möglich ohne Widerspruch gegen die Arbeitserhaltung?

Friedrich Jacob Kurt Geissler

Ist die Einwirkung eines freien Willens räumlich möglich ohne Widerspruch gegen die Arbeitserhaltung?

ISBN/EAN: 9783742813688

Hergestellt in Europa, USA, Kanada, Australien, Japan

Cover: Foto ©Andreas Hilbeck / pixelio.de

Manufactured and distributed by brebook publishing software (www.brebook.com)

Friedrich Jacob Kurt Geissler

Ist die Einwirkung eines freien Willens räumlich möglich ohne Widerspruch gegen die Arbeitserhaltung?

t die Einwi

freien Willens

möglich

e Widerspruch

e Arbeitserhaltu

— —.

Inaugural-Dissertati

zur

Erlangung der Doctorwürde

genehmigt

von der

Philosophischen Facultät

der

ichen Friedrichs-Universi

vorgelegt von

J. KURT GEISS

aus Charlottenburg.

Halle a. d. S.

1898.

Es soll nicht untersucht werden, wie und ob man das Wesen einer räumlichen Einwirkung verstehen könne, auch nicht, was „räumlich" an sich zu bedeuten hat, ob es eine Eigenschaft sei, die Dingen an sich zukommt, oder nur aus der Form unserer Anschauung entspringt oder beiden Wesenheiten genügt. Es möge davon ausgegangen werden, dass wir Menschen etwas kennen, was wir alle Raum nennen. In diesem Raume kommen thatsächlich Ortsveränderungen oder Bewegungen vor. Es ist eine Thatsache, dass ein Mensch eine Bewegung wahrnehmen, eine Bewegung als vorhanden beschreiben kann, wenn ein anderer nichts von derselben bemerkt. Befindet man sich in dem Inneren eines sanft schwimmenden Schiffes, ohne hinaus zu blicken, oder auf der Erde, die ihre tägliche und jährliche Bahn beschreibt, ohne nach dem Himmel aufzublicken, so bemerkt der ausserhalb, am Ufer oder auf einem anderen Sterne Befindliche jene Bewegung, die man selbst nicht wahrnimmt. Die Bewegungen des Planetensystems kann man ebensowohl beschreiben, wenn man die Sonne, die Erde oder irgend eine andere Stelle als ruhend annimmt. Es möge nicht untersucht werden, ob und auf welche Art der Beharrungssatz des Galilei Beweise für die Bewegung der einen oder anderen Stelle, etwa der Erde, liefert oder erlaubt. Ich möchte dabei bleiben, dass die Bewegung jedenfalls als ein relativer Begriff aufgefasst werden darf.

Es werde eine gewisse, beliebig beschränkte, aber bestimmt begrenzte Raumausdehnung mit allen Wahrnehmungen, die darin zu machen sind, als bestimmtes System bezeichnet. Wenn in solchem Systeme ein Punkt

1

seine durch Koordinaten geometrisch ausdrückbare Lage verändert, so schreiben wir ihm Bewegung zu. Ein Punkt ist zwar sinnlich niemals wahrnehmbar, aber es werde die Thatsache anerkannt, dass wir im stande sind, uns die im Raume wirklich vorkommenden Bewegungen mit Hilfe von Punkten und deren Koordinaten räumlich genau vorzustellen. Wenn die Bewegung eines derartigen Punktes eintritt, während derselbe vorher seine Koordinaten nicht änderte, so ist uns dies auffällig, ebenso, wenn ein Punkt aus der Bewegung in Ruhe übergeht. Indessen könnte man auch behaupten, es sei das Innehalten einer bestimmten Bewegung, etwa das gleichmässige Vorwärtsgehen (mit konstanter Geschwindigkeit) in gerader Linie auffällig. Da wir indessen das geradlinige, gleich geschwinde Fortschreiten eines ganzen Systems nicht innerhalb desselben bemerken können, so werden wir als das Auffällige, auch innerhalb dieses Systemes, nicht das geradlinige Fortschreiten, sondern entweder die Aenderung der Geschwindigkeit, wozu auch der Uebergang von Ruhe in Bewegung und umgekehrt gehören möge, oder die Aenderung der Richtung betrachten.

Es möge nicht erörtert werden, woher der Begriff des Grundes eigentlich stammt, vielmehr sei als wirklich anerkannt, dass wir die Neigung und die Fähigkeit haben, an jede auffällige Erscheinung Gedanken zu knüpfen, mit dem Begriffe: „Ursache". Es liesse sich vielleicht ausführen, dass man ähnlich wie zwischen der Ptolemäischen und Kopernikanischen Weltauffassung auch wählen könnte dazwischen, ob wir bei geradliniger Bewegung mit einer ganz bestimmten Geschwindigkeit an eine Ursache denken wollen oder irgend eine gekrümmte oder beschleunigte Bewegung als die gewöhnliche, ursachlose, normale ansehen, oder ob wir für die Beharrung keinen weiteren Grund suchen und sie als unerklärbare Thatsache hinstellen wollen. Jedenfalls ist diese letztere Auffassungsweise die einfachere.

Folgen wir unserer Neigung, nach einer Ursache zu fragen, so könnten wir für die Abweichung von der Beharrung eine übersinnliche Ursache entweder im Raume oder gar losgelöst vom Raume annehmen wollen. Nach den früheren Beschränkungen fällt letzteres hier fort. Aber auch eine nicht wahrnehmbare räumliche Ursache bleibe als zu wenig sicher hier zunächst fast ganz ausgeschlossen. Wollten wir sie ganz entbehren. so müssten wir dabei stehen bleiben. es solle die Aenderung der Bewegung eine Ursache haben. ohne irgend etwas weiteres darüber aussprechen zu können. Wir könnten dann nur von Linien und Punkten. von einfachen. räumlichen Grössen sprechen und müssten die physikalischen Begriffe wie Masse und Kraft fortlassen. Die Raumwelt zeigt uns indessen. dass z. B. auf den plötzlichen Stillstand eines Punktes oder einer Gruppe von Punkten. die wir als Gegenstand bezeichnen. die Bewegungsänderung anderer Punkte. anderer Gegenstände mit einer auffallenden Regelmässigkeit folgt. Vermöge unserer Neigung auf Ursachen zu schliessen. schreiben wir einem Gegenstande eine „räumliche Einwirkung" auf einen anderen zu. wenn eine Bewegungsänderung bei letzterem (regelmässig) eintritt. zugleich mit einer Bewegungsänderung des ersteren. und wenn zugleich alle übrigen zum System gehörigen Punkte ihre Bewegung nicht ändern. oder wenn deren Aenderung ohne Rücksicht auf jene beiden für sich betrachtet wird. Wollen wir nicht bei dem blossen Worte „Einwirkung" stehen bleiben. sondern diesen Begriff den Thatsachen entsprechend weiter ausbauen. so werden wir verschiedene Grade oder Grössen der Einwirkung definieren und zwar nach der Grösse der wahrgenommenen Geschwindigkeitsänderung. Es steht dann nicht mehr in unserem Belieben. einem Gegenstande eine Einwirkung irgend welcher Grösse zuzuschreiben. sondern wir müssen zunächst angeben. was uns das Raumsystem erfahrungsgemäss zeigt. In welcher Weise die empirische Wissenschaft hierbei vorgeht. wie sie zunächst vorsichtig nur von Beschleunigung. also einer nach Verlauf der Zeiteinheit von der Ruhelage an gerechnet bei gleichmässig grösser werdender geradliniger Geschwindigkeit entstehenden Endgeschwindigkeit, als des Masses der Kraft. von einer Bewegungsgrösse m·v. einer Masse, einem Gewichte, einer Kraft. einer potentiellen und aktiven Energie spricht. ist bekannt. Alles dies sind Definitionen. die sich als notwendig

1*

oder vorteilhaft ergeben zur klaren Beschreibung der empirischen Thatsachen. Die meisten derselben sind an sich nicht als räumliche Grössen wahrnehmbar, sie werden aufgestellt, um in irgend einem bestimmten Falle z. B. beim Zusammenstoss von Kugeln, beim Emporschleudern und Herabfallen eines Gegenstandes einen ursächlichen Zusammenhang zwischen Bewegungsänderungen verschiedener Punkte auszudrücken; es ergiebt sich dann aber als Thatsache, dass bei entsprechendem genauen Ausdrucke aller vorkommenden Beispiele die eine potentielle und aktive Energie bezeichnenden Grössen, z. B. bei der Anziehung einer Masse durch die Erde $m \cdot g \, h$ und $m_s \cdot v^2$ in einem ganz bestimmten Zusammenhange stehen. Das Gesez der Erhaltung der Energie (oder Arbeit), welches aussagt, dass in einem bestimmten Systeme die Summe aller potentiellen und aktiven Energieen dieselbe bleibt und nur eine Umsetzung der durch Geschwindigkeiten, Beschleunigungen, Bewegungsgrössen etc. ausdrückbaren Begriffe stattfindet, ist ein Erfahrungssatz, der so lange gilt, als sich nicht irgend einmal eine Ausnahme empirisch ergiebt d. h. irgend eine Erscheinung, welche unter Zuhilfenahme jener physikalischen Begriffe sich dem Satze nicht mehr einfügt. Es soll hier, der exakten Wissenschaft zufolge, angenommen werden, dass eine solche Ausnahme auf absehbare Zeiten niemals stattgefunden hat und stattfinden wird. Wie erwähnt wurde, sind wir zur genauen mathematischen Beschreibung empirischer Vorgänge genötigt, von Punkten, ihrer Lage, Bewegung und Zusammengehörigkeit zu sprechen. Wenn ich bisher von einer Einwirkung eines Gegenstandes auf einen anderen sprach, so muss ich demgemäss von einer Einwirkung einer Vielzahl von Punkten, die dem Gegenstande angehören, oder vielmehr von punktartig vorgestellten, mit bestimmten Eigenschaften versehenen Stellen des Raumes sprechen. Also auch die Vorstellung: „Einwirkung eines Punktes beziehlich Einwirkung von an einem Punkte vorgestellten Eigenschaften" ist nicht zu umgehen. Ein einzelner Punkt tritt zwar niemals in die sinnliche Wahrnehmung, sondern wird von uns vorgestellt, und zwar pflegen wir diese Vorstellung mit zu den räumlichen

Vorstellungen zu rechnen: gebrauchen wir hierfür mit Kant das Wort „Anschauung", so ist dies nicht rein sinnlich zu verstehen. In den allermeisten Fällen gelangen wir zur mathematischen Beschreibung einer sinnlichen, räumlichen Wahrnehmung, z. B. der Bewegung eines Körpers durch Summation von unendlich vielen unendlich kleinen Elementen. Ueberhaupt ist der Zusammenhang zwischen Begriffen, die auf verschiedener Stufe stehen, wie etwa dem der Bewegungsgrösse m. v und der lebendigen Kraft m $_2 \cdot$ v^2 nur herstellbar durch Integration oder ihre Umkehrung, die Differentiation. Die höhere Mathematik giebt an, dass ein Verhältnis unendlich kleiner Grössen keineswegs immer unendlich klein oder unbestimmt ist, genauer: dass ein Verhältnis zweier Grössen beim Beliebigkleinwerden beider einen nicht unbestimmten Grenzwert besitzen, sondern je nach der Beschaffenheit der Grössen verschiedene bestimmte endliche Werte geben kann, und entsprechend die Summe von unendlich vielen unendlich kleinen Grössen bestimmte endliche Summenwerte liefern. Deshalb ist es möglich, die Einwirkung eines Körpers auf einen anderen oder die Kraftwirkung durch Summation unendlich kleiner Grössen in bestimmten, der Empirie entsprechenden Werten zu erhalten. Die Erfahrung lehrt uns Einwirkungen von ganz verschiedener Grösse kennen, von ganz gewaltigen, wie den Anziehungen der Himmelskörper ab bis zu winzig kleinen. Niemals findet eine Wirkung zwischen zwei Körpern, z. B. der Sonne und der Erde, oder zwei Punkten, den Schwerpunkten jener Himmelskörper, gesondert statt, sondern immer wirken gleichzeitig unzählige andere Kräfte in demselben Systeme. Doch hat die Erfahrung auf Prinzipien geführt, welche erlauben, von der ungeheuren Summe aller Kraftwirkungen einzelne gesondert zu betrachten, und umgekehrt aus einzelnen nach bestimmten Gesetzen das Bild der verwickelten Vorgänge richtig zusammen zu setzen. Es lässt sich danach die Thatsache beschreiben, dass eine gewisse Summe von Kräften in derartiger Beziehung zu einander stehen kann, dass man von einer relativen · Ruhe zusammen gehöriger Punkte gegenüber den übrigen Kräften sprechen darf. Wenn z. B. ein schwerer Gegenstand, der eigentlich der

Erdanziehung folgen und fallen müsste, durch eine Unterlage gehemmt wird, so steht die Schwerkraft zu der in der Unterlage befindlichen, den Druck „aufhebenden" Kraft in jener Beziehung, und wir dürfen sagen: es ruht der Schwerpunkt des Gegenstandes beziehlich der übrigen um ihn herum etwa stattfindenden anderen Vorgänge. In Wahrheit ist freilich jene Beziehung, das sogenannte Gleichgewicht, nicht ohne die Vorstellung andersartiger Bewegungen möglich, in welche sich die Fallbewegung umsetzte (Wärmeschwingung durch Zusammenpressung), aber es ist eine völlig berechtigte Vorstellung, den beim Fall eine Linie beschreibenden, vorgestellten Schwerpunkt jetzt ruhen zu lassen. Die verschiedenen Arten des Gleichgewichtes, welche ein System von Punkten mit den ihm anhaftenden Kräften haben kann, sind aus der Mechanik unter den Namen des stabilen, indifferenten und labilen Gleichgewichtes bekannt. Eine Störung tritt durch fremde, bis dahin nicht zu dem Systeme gerechneten Kräfte ein, dieselben müssen zur Störung des stabilen (!) Gleichgewichtes eine entsprechende, bestimmte, endliche, durch Integration vorstellbare Grösse haben, hierbei, ebenso wie beim indifferenten, tritt eine durch die Grösse der störenden Kraft mitbestimmte Aenderung ein. (Beispiele sind ein aus der Gleichgewichtslage gebrachtes Pendel, eine genau centrierte und dann gedrehte Scheibe.) Beim labilen Gleichgewichte dagegen bedarf es rein theoretisch nur einer unendlich kleinen, also nicht mehr durch Integration vorzustellenden Störung, um eine völlige Aenderung des Zustandes im Systeme, und zwar nur unter Bethätigung der im Systeme vorhandenen endlichen Kräfte einzuleiten. Man darf deshalb sagen, dass die Störung des labilen Gleichgewichtes ein Fall ist, der eine ganz gesonderte, von allen übrigen in den Erscheinungen der Raumwelt abgetrennte Bedeutung besitzt. Allerdings kann dieselbe jedesmal nur in einem einzigen, unendlich kleinen Zeitteilchen, einem Augenblicke vorgestellt werden: bei der ungeheuren Mannigfaltigkeit aller in fortwährendem Zusammenhange stehenden Kräfte erhält sich jener Zustand niemals länger als einen Augenblick. Gleichwohl lässt sich sein Vorkommen nicht in Abrede stellen, wir können nicht vermeiden, von ihm zu sprechen, wenn wir die Natur beschreiben wollen. Bei der Wichtigkeit dieser Frage für den vorliegenden Gegenstand sei es erlaubt, einige Beispiele kurz anzuführen, bei denen wenigstens eine Annäherung an das labile Gleichgewicht annehmbar ist. Wenn eine Kurbelstange an einem Punkte des Umfanges einer genau centrierten, um eine möglichst dünne Achse drehbaren Scheibe angreift und, nachdem Ruhe geherrscht, durch jene Stange ein Zug gerade nach jener Achse zu ausgeübt wird, so kann die Rotation nicht eintreten, die Vorrichtung steht, wie es technisch heisst, im toten Punkte. Bei vielen Arten von Maschinen, z. B. der Dampfmaschine, kommt dergleichen vor, das Schwungrad muss zur Ueberwindung desselben beitragen. Theoretisch müsste ein unendlich kleiner Anstoss genügen, um die Vorrichtung aus jenem labilen Gleichgewichte herauszubringen. Ein schwerer Gegenstand, auf eine Nadelspitze gestützt, sodass der Schwerpunkt sich darüber befindet, ist in ähnlicher Lage. Nach einer Theorie werden die Wirbelstürme dadurch erklärt, dass die unteren erhitzten Luftschichten infolge Ruhe der Luft keinen Punkt finden, an dem sie sich in die höheren, kälteren erheben können, und dass nun durch einen äusserst geringen Anlass, z. B. das Auffliegen eines Vogels, theoretisch (wenn wirklich der Punkt des strengen labilen Gleichgewichtes erreicht ist) durch unendlich kleinen Anlass das Gleichgewicht gestört und eine ungeheuer heftige Bewegung unter Umsetzung der grossen entstandenen Spannkräfte eintritt. Etwas Aehnliches findet bei jeder aufgehäuften Spannkraft statt, allen plötzlichen Entladungen, z. B. aufgehäufter Elektricität durch Berührung oder genügende Annäherung der Leiter, dem Loslassen des Dampfes durch Oeffnen einer winzigen Stelle u. s. w. Bei Ladung von Accumulatoren mittelst eines gleichbleibenden und nicht nachregulierten Stromes kann ein Moment eintreten, wo Rückwärtsentladung eintritt. Der Uebergang von einem Aggregatszustand in den anderen wird unter Zuhilfenahme des labilen Gleichgewichtes erklärt. (Vergl. Fechner, Atomenlehre 2. Aufl. S. 216; W. Wundt, Grundzüge der physiologischen Psychologie

4. Aufl. S. 244.) In bestimmten Augenblicken, die mit den Distanzen der Moleküle und mit der einwirkenden Wärme zusammenhängen, treten, wenn auch nur an einzelnen Punkten, plötzliche Umsetzungsanfänge ein. In der (physikalischen) Chemie spricht man von Gleichgewichtszustand, wenn in der einen Richtung ein ebenso grosser Umsatz stattfindet wie in der anderen. Aber auch labile Gleichgewichtszustände müssen in Rücksicht gezogen werden. Sehr geringe, theoretisch genommen unendlich geringe Temperaturerhöhungen können das chemische Gleichgewicht unter Umständen stören.

Wenn einen Augenblick das labile Gleichgewicht empirisch vorhanden und im selben Augenblick gestört wird, so werden wir infolge unserer Neigung, auf eine Ursache zu schliessen, einen Grund für diese Störung in der räumlichen Welt suchen. Es ist an sich nicht ausgemacht, ob wir einen solchen wirklich aufspüren werden. Nach dem oben Gesagten hat es bis jetzt auf keinen Widerspruch geführt und wird nicht auf Widersprüche führen, wenn man in der gesetzmässigen Veränderung einer Bewegung und einer nach der Kraftdefinition und dem Prinzip der Arbeitserhaltung ihr genau entsprechenden Veränderung der Bewegung anderer Punkte desselben Systems Ursache und Wirkung annimmt. Will man auch für die unendlich kleine Störung des labilen Gleichgewichtes in entsprechender Weise einen Grund angeben, so wird man hierfür ebenfalls den Begriff „räumliche Einwirkung‟ wählen, obgleich es nicht möglich ist, diese durch eine messende räumliche Grösse wahrzunehmen, ja nicht einmal ein endliches, räumliches Mass dafür vorzustellen. Eine Summation von unendlich vielen, unendlich kleinen Grössen zu einer Kraftgrösse findet nicht statt, denn diese Einwirkung ist entsprechend dem Begriffe des labilen Gleichgewichtes nur eine unendlich kleine.

Man könnte dieser Sonderstellung des labilen Gleichgewichtes halber auf den Gedanken kommen, solche Störung gar nicht anzuerkennen. Es ist in der That nur ein Grenzfall. So gut aber bei der mathematischen Betrachtung der Natur die nur einen Augenblick eintretenden Grenzfälle (wie etwa die Berührung durch eine Tangente, das Erreichen eines höchsten Punktes auf einer Bahn) unentbehrlich sind, so gut gehört dieser Fall in die Wirklichkeit. Eine wahrhaft unendlich kleine Einwirkung muss darum ebensowohl vorgestellt und als gültig anerkannt werden wie der Punkt innerhalb einer Linie und die Linie als Grenze einer Fläche. Das Gesetz von der Erhaltung der Energie kann niemals durch einen solchen Fall umgestossen werden, es drückt eine Summe von messbaren Thatsachen aus, deren Wert durch eine, nur in einem Zeitaugenblicke oder einem Punkte unmessbar auftretende andere Thatsache — die Störung des labilen Gleichgewichtes — nicht verändert wird.

Sehr beliebt ist es im gewöhnlichen Leben von der Notwendigkeit der Naturgesetze zu sprechen. Es fragt sich, was es zu bedeuten hat, wenn wir etwa dem Satze der Arbeitserhaltung „Notwendigkeit" zuschreiben. Auch wenn wir nicht geradezu mit Kant die Notwendigkeit als eine „Kategorie des Verstandes" bezeichnen wollen, werden wir die Notwendigkeit logisch auffassen und von ihr im strengen Sinne nur reden, wenn ein Vorgang aus gewissen als thatsächlich anerkannten Prämissen nicht anders folgend gedacht werden kann. Eine mathematische Folgerung ist notwendig, nämlich sobald wir die dieser Wissenschaft ursprünglich zu Grunde liegenden Sätze (bei der Geometrie die Axiome) als thatsächlich allgemein gültig anerkannt haben. Ein Naturvorgang ist notwendig, sobald wir die Gesetze, aus denen er logisch folgt, als der Wirklichkeit entsprechend anerkennen, und auch nur so lange wir diese Wirklichkeit anerkennen. Sobald nur ein einziges Mal ein Widerspruch zu dem Gesetze sich empirisch zeigt, müssen wir (richtige Schlüsse vorausgesetzt) an der Wirklichkeit der zu Grunde liegenden, bis dahin allgemein anerkannten Grundlage zweifeln. Es ist so lange notwendig, dass ohne Kraftaufwendung (von endlicher messbarer Grösse) keine Wirkung entsteht, als man thatsächlich niemals bei gründlichstem Nachforschen eine Kraft auftreten sieht, die sich nicht in entsprechender Massgrösse an anderen Punkten finden liesse.

Ebenso wie man die Notwendigkeit der Naturgesetze betonen hört, hört man den Begriff der Freiheit unanwendbar nennen auf die Natur. Versteht man unter Freiheit die Fähigkeit, Ausnahmen gegen allgemein gültige Naturgesetze ins Werk zu bringen, so ist sie widersinnig. Denn was allgemein wirklich ist, kann nicht unwirklich sein. Wollte man also behaupten, irgend ein räumliches Wesen oder, um bei unserer Ausdrucksweise zu bleiben, ein Punktsystem könne den Folgen entgegenhandeln, welche das Gesetz der Arbeitserhaltung vorschreibt, so ist damit nur gesagt, dieses Gesetz könne unrichtig sein. Sollte ein solcher Fall nachgewiesen werden, so wäre damit das Gesetz in der That unrichtig. Da indessen ein solcher Fall niemals nachgewiesen ist, so ist auch jene Behauptung nicht bewiesen. Einen anderen Sinn kann der Satz nicht haben: „Alle räumlichen Wesen sind der Naturnotwendigkeit unterworfen." Es wird allerdings von manchen der Begriff der Freiheit auf einem anderen Gebiete gesucht, welches nicht ohne weiteres räumlich genannt werden könne. Die Freiheit des Willens kann man nicht ohne weiteres auf eine Stufe stellen mit Begriffen wie Punkt, Linie, Kraftmass, Kraft und Erhaltung der Arbeit, ebensowenig wie etwa die Begriffe Zeit, Zahl, Verstand, Vernunft, Gefühl. Wenn indessen der Begriff eines Willens nicht leer werden soll, wird man auch von Thaten sprechen müssen, die aus dem Willen hervorgehen. Nun liesse sich wohl behaupten, es gäbe Thaten, die man räumlich nicht nachweisen könne; man könnte eine solche Behauptung nicht widerlegen, ihr höchstens die Behauptung entgegenstellen: ich kenne solche Thaten nicht. Es soll hier nur von solchen Thaten gesprochen werden, die in irgend einer Weise räumlich bemerkbar sind, sei es auch nur dadurch, dass die Wesen, denen man die That zuschreibt, räumlich wahrnehmbar sind und dass man ihre Beziehung zu anderen Wesen räumlich bemerkt. Alle übrigen etwa vorhandenen Handlungen mögen als unbekannt gelten.

Es kann hier nicht meine Aufgabe sein, mich darüber entscheiden zu wollen, ob der Satz richtig ist: Eine jede sogenannte geistige Thätigkeit eines räumlichen (im Raume wahrnehmbaren)

Wesens hat einen genau entsprechenden räumlichen Ausdruck in der räumlichen Thätigkeit der zu dem Wesen gehörigen Raumpunkte (Atome etc.); noch weniger über den Satz zu diskutieren: es sei etwa die sogenannte geistige Thätigkeit nichts weiter als eine Funktion der Materie — wobei der Begriff der Funktion der gründlichsten Erörterung bedürfen würde. Es soll sich nur darum handeln, ob eine räumlich durch Bewegung in Erscheinung tretende menschliche Handlung in allen ihren Stadien, also von dem Augenblicke an, wo die Handlung als solche beginnt, in genau .entsprechenden· räumlichen Vorgängen vorzustellen ist. Welcher Art die empirischen, an irgend welchen Stellen des Körpers stattfindenden Vorgänge bei Beginn der Handlung sind, wie sie sich chemisch und physikalisch beschreiben liessen, falls sie genau erforscht wären, bleibe ausser Frage. **Es soll als richtig angenommen werden, dass jeder geistigen Thätigkeit, sofern sie zu räumlich ausdrückbaren Vorgängen führt, räumliche Vorgänge im Körper genau „entsprechen".** Diese Annahme bedarf zunächst einer Einteilung in Beziehung auf das Gesetz der Arbeitserhaltung und die angeführten Fälle des Gleichgewichtes. Wenn jenes Gesetz allgemein richtig ist, so gilt es auch für alle körperlichen Vorgänge. Es darf als sicher angenommen werden, dass bei diesen von stabilem Gleichgewichte vielfach gesprochen werden muss. Eine von aussen auf den Körper wirkende Störung von messbarer Grösse verändert zwar die Gesamtsumme der im Körper vor diesem Augenblicke vorhandenen Kräfte, aber immer streben die letzteren, die Störung zu überwinden oder dieselbe sich anzupassen. Das ungeheuer verwickelte Spiel der Kräfte des Körpers weist auch im einzelnen zahllose Beispiele stabilen Gleichgewichtes auf. Ebenso soll ohne weitere Begründung hier angenommen werden, dass der Zustand des labilen Gleichgewichtes, der „tote Punkt", im System der körperlichen Kräfte vorkommt oder doch vorkommen kann. Es möge nichts darüber behauptet werden, ob etwa dabei dieser Zustand länger als einen Augenblick bestehen könne, vielmehr möge nur wie in der unorganischen Natur immer in einem einzigen, nicht messbaren Zeitpunkte labiles Gleichgewicht vorliegen.

Vielleicht könnte man der Phantasie Spielraum geben, der Augenblick des Todes sei ein solcher Punkt, in dem — allerdings infolge des naturnotwendigen Spieles aller Kräfte — plötzlich das ganze System sich zur sogenannten Auflösung hinwendet. Vielleicht findet ein Zustand labilen Gleichgewichtes in sehr kleinen Organen, Teilen des Körpers, etwa den Zellen hier und da statt, vielleicht auch stehen die Kräfte etwa eines kompliziert zusammengesetzten Organes, eines Gehirnteiles in solchen Beziehungen, dass man für dieses Organ von Augenblicken labilen Gleichgewichtes reden kann. Das zu entscheiden ist allein Sache exakter Forschungen. Es möge darum erlaubt sein, bezügliche Worte anzuführen aus dem Lehrbuch der Physiologie des Menschen von Professor Dr. W. Wundt (4. Aufl. S. 585): „Auf zwei Wegen kann man einen Einblick in das Wesen der Nervenerregung zu gewinnen suchen: entweder indem man die inneren physikalischen und chemischen Vorgänge zergliedert, welche den Erregungsvorgang begleiten, oder indem man, von dem eigentlichen Wesen der Nervenkräfte absehend, zunächst nur an der Hand der Reizungserscheinungen und gestützt auf allgemeine mechanische Prinzipien die bei der Nerven- und Muskelerregung stattfindenden Vorgänge zu verstehen sucht. Auf dem ersten Wege, der die wahre innere Molekularmechanik zu begründen strebt, ist man bis jetzt nur bis zur Aufsammlung einiger Bausteine vorwärts geschritten. Den zweiten Weg, den einer äusseren Molekularmechanik der Nerven, hat zuerst Pflüger, gestützt auf die dauernden Erregbarkeitsänderungen im Elektrotonus, betreten: von allgemeinerem Gesichtspunkte aus habe ich dann aus dem gesamten Gebiet der Reizungserscheinungen, vorzugsweise aber aus dem Studium des Verlaufs der Erregungsvorgänge die oben in ihren Hauptzügen angedeutete Theorie zu entwickeln versucht." In dieser Theorie kam Wundt auf den „allgemein gültigen Satz, dass stets nur ein Teil der Erregungsarbeit zur Auslösung mechanischer Leistung verwendet, der andere Teil in innere Molekulararbeit des Nerven übergeführt wird". (In den Nerven sind fortwährend innere Kräfte wirksam, welche in den ohne Aufhören in ihm stattfindenden chemischen Vorgängen sich äussern. Alle diese

inneren Kraftwirkungen bezeichnen wir als Molekulararbeit.
Wirkt ein äusserer Reiz ein, so überträgt derselbe ein gewisses
Quantum äusserer Arbeit, die Reizarbeit auf die Nerven. Durch
den Reiz aber wird ein Vorgang erzeugt, welcher eine andere
Form äusserer Arbeit, die Erregungsarbeit hervorbringt, die, auf
die Muskeln fortgepflanzt, in mechanische Arbeit übergeht.*)
„Der Uebergang der Erregungsarbeit geht ähnlich einer Ex-
plosion vor sich, welche ein bestimmtes Anwachsen der sie
auslösenden Kräfte voraussetzt, einmal stattfindend aber einen
schnellen Verbrauch der vorhandenen Spannkräfte verursacht.“
„Die Uebertragung von sensibeln auf motorische Faserenden
innerhalb des Rückenmarks erfordern ziemliche Zeit.“ „Die
Uebertragungszeit ist noch bedeutend grösser im Gehirn (als
bei Uebertragung von sensibeln auf motorische Faserenden im
Rückenmark). Sie setzt sich, soweit es sich um die bewussten
Aktionen des Centralorgans handelt, im allgemeinen zusammen
aus: 1. der Perceptionsdauer (Eintritt in das Bewusstsein), 2. der
Apperceptionsdauer (Erfassung durch die Aufmerksamkeit), 3. aus
der Dauer des Willensimpulses.“ — Wenn man auch imstande
sein sollte, auf das Genaueste solche Zeitlängen zu messen, so
würde doch ein Augenblick vorstellbar bleiben, im dem der
Zustand des labilen Gleichgewichtes vorhanden sein könnte.
(S. 793). „Das Centralorgan scheint sich auf einen erwarteten
Eindruck so vorzubereiten, dass der Vorbereitungsakt selbst,
wenn er eine gewisse Intensität erreicht, zur Erregung wird.“
Es wird hinzugefügt, dass für das Anwachsen dieser vorbereitenden Erregung ein bestimmtes Minimum von Zeit erforder-
lich sei. Auch durch solche besonderen Fälle erscheint jene
Möglichkeit nicht ausgeschlossen. In dem Spiel der Kräfte,
auch innerhalb des Gehirnes, könnten zahllose Beispiele nachweisbar sein dafür, dass die Einleitung eines Kräfteumsatzes
sowohl gewisse Zeiten verlangte als auch gewisse Grössen von
Reizarbeit oder Erregungsarbeit. Es kommt nur darauf an, ob
es überhaupt noch irgendwo in den Zentralorganen Stellen
geben kann, die zu psychischen Funktionen in Beziehung stehen
können, und welche die Annahme eines vorübergehend in gewissen Augenblicken vorhandenen labilen Gleichgewichtes er-

lauben. Mag auch mancherlei vorbereitende Thätigkeit nötig sein, ehe es zu solchem Zustande kommen kann, mag auch bei dieser vorbereitenden Thätigkeit stabiles und labiles Gleichgewicht vorkommen und das letztere hierbei durch das Eintreten von nachweisbaren Kräften überwunden werden, mag also auch der Umsatz von potenziellen in aktive Energien sonst nachweisbar infolge Eintreffens von integrierbaren Kraftsummen erfolgen, bleibt nur überhaupt noch Raum für irgendwelche Zustände, bei deren Ueberwindung man von einer (psychischen) Willensthätigkeit sprechen kann, so ist eine Basis da für folgende Betrachtungen. Wir müssen zugestehen, dass eine wahrhaft unendlich kleine, unmessbare, nicht integrierbare Einwirkung die Entscheidung nach dieser oder jener Seite geben kann, ohne dadurch gegen das Gesetz der Arbeitserhaltung zu verstossen.

Mag nun das, was wir Willen nennen, und nicht ohne weiteres an sich als etwas rein Räumliches hinstellen können, wirklich räumlich messbar vorstellbar sein oder nicht, wir werden einem thätigen Willen irgend eine Beziehung zur Welt der Thätigkeit einräumen müssen. Wenn wir etwas „wollen" und, wie wir sagen, diesen Willen zur Ausführung bringen, so geht etwas Räumliches vor sich, und dies möge jene Beziehung repräsentieren. Es fragt sich nun, ob diese räumlichen Vorgänge mit Notwendigkeit aus allen vorhergehenden Vorgängen des Körpers und derjenigen Kräfte, die räumlich von aussen auf den Körper eingewirkt haben, in einem ganz bestimmten Sinne und nicht etwa im entgegengesetzten Sinne eintreten müssen, (ob man sich bei einem Entschlusse zwischen ja und nein notwendig so zu entscheiden habe, wie die räumliche Thätigkeit der Kräfte vorschreibt). Man kann nicht zweifeln, dass die Ausführung der Entscheidung nach ja und nein, z. B. die Vollführung oder Unterlassung der That, etwas mechanisch Verschiedenes sind, aber man könnte fragen, ob in dem Augenblicke der Entscheidung vor Beginn der äusserlich sichtbaren That überhaupt schon von Verschiedenheit des Spiels der Kräfte im Körper die Rede sein müsse. Wir wollen letzteres annehmen, d. h. für jeden geistigen Vorgang, für jede Ueberlegung von messbarer Zeit auch messbare Kräfteumsetzung voraussetzen. Sollten die bei solcher „Ueberlegung" oder bei solchem sich auf die Willensbestimmung erstreckendem Vorgange beteiligten Punktsysteme keinen einzigen Augenblick in den Zustand des labilen Gleichgewichtes hineingeraten, so kann unter jener Voraussetzung von einer Freiheit des Willens, die in ihrem räumlichen Parallelvorgange etwas anderes wäre als Naturnotwendigkeit, nicht die Rede sein. Man könnte alsdann höchstens Freiheit des Willens einen Zustand nennen, bei dem das Spiel der Kräfte weniger eng wäre, als etwa sonst, man hätte nur einen graduellen Unterschied von weniger oder mehr freiem Willen, das Wort frei existierte nur im Komparativ. Sollten sich Zustände von labilem Gleichgewichte bei der während der sogenannten „seelischen Entscheidung" räumlich vor sich gehenden körperlichen Kräftethätigkeit zwar finden, dieselben aber nicht wesentlich sein für die schliessliche Entscheidung nach ja oder nein, so würde für den Begriff des freien Willens dasselbe gelten. Ist es indessen möglich, dass jenes Kräftespiel der bei der seelischen Entscheidung vornehmlich beteiligten Organe sich gewissermassen zuspitzt zu einem Augenblicke des labilen Gleichgewichtes, auf dessen Ueberwindung alles ankommt, so könnte eine Einwirkung von nicht messbarer Grösse die Entscheidung hervorbringen. Es wäre nicht undenkbar, dass jener Zustand des labilen Gleichgewichtes in dem sicherlich höchst komplizierten Spiele der Kräfte vorüberginge ohne Entscheidung nach einer oder der anderen Richtung, welcher der Entschluss oder seine Unterlassung entspricht, und dass nun mehrere Male von neuem jener tote Punkt einträte. Das wäre gewissermassen ein Bild für einen Willenskampf, der längere Zeit resultatlos andauert und nach Zeiten des Nachlasses mehrfach bis zur Spitze der Entscheidung hindrängt, ohne doch darüber hinaus zu kommen. Es mag darum bei den Entscheidungen gewöhnlicher Art ein Zustand des labilen Gleichgewichtes, bei welchem, wie man zu sagen pflegt, die ganze Seele oder der ganze Körper in Aufruhr schwebt, nicht vorliegen oder wieder ohne bewusste Entscheidung vorübergehen. Es mag auch in solchen Fällen, wo wir uns dessen bewusst zu sein glauben, dass unser Wille entschieden hat, oft sich um eine Ueberwindung des labilen Gleichgewichtes nicht handeln. Während eines Willenskampfes, der uns bekanntlich sehr anstrengt und unter Umständen von Kräften bringen kann, werden nur solche messbaren Kräfte verbraucht werden, welche in der Summe der lebendigen und Spannkräfte des Körpers thatsächlich vorhanden sind. Aber beim labilen Gleichgewichte handelt es sich gerade um das Lebendigwerden von Kräften, die in anderer Form bereits da sind, und es ist denkbar, dass das Spiel der Kräfte während eines „Willenskampfes" fortwährend dem Zustande des toten Punktes nahe tritt. Die Freiheit in positivem, nicht komparativem Sinne könnte darin bestehen, dass die Entscheidung nach hier oder dort, das Hinabgleiten nach der rechten oder linken Seite der Schneide des Schwertes in einem einzigen Augenblicke und Punkte durch eine räumlich nicht messbare Ursache aufträte. Dieser dürfte man eine Freiheit zuschreiben, die in der That nicht physikalisch und chemisch vorausbestimmt ist, überhaupt mit den physikalisch und chemisch messbaren Kräften nicht in Konkurrenz tritt, deren Gesetze mithin auch nicht umwirft.

Es fragt sich noch, ob man berechtigt ist, eine solche Ursache überhaupt mit räumlichen Grössen auf eine Stufe zu stellen, ob man überhaupt sagen darf: sie tritt in einem Punkte des Raumes und der Zeit auf. Man könnte nämlich behaupten, die räumliche Welt sei jedenfalls, wenn es überhaupt etwas Geistiges-Nichträumliches gäbe, gänzlich von jener überräumlichen Welt zu trennen, könne mit ihr gar nicht in Berührung treten oder vielmehr, es dürfe gleichzeitig in derselben Vorstellung beides gar nicht vorkommen. Zur Widerlegung ist daran zu erinnern, dass die sämtlichen Grundbegriffe der exakten Wissenschaften metaphysischer Art sind. Es pflegen dieselben stets zuerst definiert zu werden, d. h. es wird angegeben, was dieser oder jener Begriff für die Folge bedeuten solle. Bei einer solchen Definition sind selbstverständlicherweise gewisse Wörter wie: Geschwindigkeit, Linie, Punkt, Raum, Ursache, Wirkung unumgänglich. Denn womit soll definiert werden, wenn man keine Wörter und Begriffe für den Satz hat, der die Definition ausspricht? Allemal beruft man sich also in einer Definition auf irgend etwas, was als bekannt vorausgesetzt und nicht weiter erklärt wird. Wie man z. B. auch den Begriff eines Atomes physikalisch und chemisch festsetzen will, man kann nicht umhin, von „klein" oder dem Superlativ dieses Begriffes oder von Punkt zu sprechen, auch die einfachsten räumlichen Beziehungen bedürfen der nicht weiter erklärbaren Elemente des Raumes, die Geschwindigkeit, Bewegung, Beschleunigung, Kraft u. s. w. sogar noch dazu der Zeit. Jede Beziehung zwischen punktartig vorgestellten Stoffteilchen ist vorgestellt (!) und als möglich, wirklich oder notwendig angenommen. Wenn darum auch die moderne Naturforschung als solche ablehnt, über das Wesen der Atome metaphysisch etwas auszusagen, dieselben vielmehr soweit gelten lässt und so weit definiert, wie sie zur Beschreibung (!) der sinnlich wahrnehmbaren Vorgänge nötig sind, so begrenzt sie damit bewusstermassen ihr Gebiet. Aber sie kann dennoch die Berührung mit der Metaphysik nicht ganz verlieren, denn ihre Grundbegriffe bleiben metaphysisch.

Darum ist es nicht widersinnig, wenn man in einer mathematisch und empirisch strengen Betrachtung der räumlichen Welt von einer Ursache sprechen will, die in ihrer räumlichen und zeitlichen Grösse nicht messbar ist, nur in einem Punkte zur räumlichen Wirklichkeit gelangen könnte. Man darf nur nicht den Anspruch auf solche Einwirkung erheben, dass sie plötzlich messbar sein soll und zwar zusammensetzbar aus nicht räumlichen, bis dahin im Raume in der grossen Summe räumlich wirksamer Kräfte vorkommenden Elementen. Bleibt man bei dem Begriffe einer „nicht sinnlich wahrnehmbaren, nicht an sich räumlich messbaren, in einem Punkte und Zeitpunkte vorgestellten Einwirkung" stehen und misst den dadurch hervorgerufenen Zustand des Systems nur durch die bereits vorher vorhandenen Grössen des Arbeitswertes der Welt, so steht jene Einwirkung nicht im Widerspruch zur Arbeitserhaltung, wenn sie auch übersinnlich sein und als solche stets weiter angesehen werden möge. Deswegen darf man auch für jene Einwirkung ein Wort beibehalten, das an

sich nicht physikalisch und chemisch ist, das Wort Wille.
Der tote Punkt ist als solcher schon ein Grenzbegriff, er
steht an der Berührung des Räumlichmessbaren und Metaphysischen. Die Störung des vorgestellten labilen Gleichgewichtes kann geschehen durch messbare Kräfte, die hinzu-
treten und allerdings zur Störung von ihrer eigenen Kraftsumme
nur unendlich wenig hergeben, sie kann auch vorgestellt
werden durch die unmessbar kleine, in einem Raum und Zeit-
punkt eintretende Wirkung eines Willens. Diesem Willen in
diesem Falle eine Unabhängigkeit von allen räumlichen Kraft-
gesetzen zuzuschreiben hindert nichts, da alle Abhängigkeit
von letzteren nur durch messbare Grössen räumlich vorstellbar
ist. Somit wäre unser Schluss: Wenn es aus irgend welchen
anderen Gründen richtig ist, einen freien Willen
metaphysisch anzunehmen, so ist die räumliche Einwirkung eines solchen beim Zustande eines vollkommen
labilen Gleichgewichtes möglich, ohne die mechanischen Gesetze der Naturwissenschaft damit zu ver-
letzen; freilich ist hiermit über die Wirklichkeit oder
gar Notwendigkeit eines solchen freien Willens und
seiner Einwirkung gar nichts ausgesagt.

Es kann darum diese Ueberlegung an sich nicht den Anspruch erheben, eine Entscheidung in dem Streite herbeiführen
zu wollen, ob der menschliche Wille frei oder unfrei ist. Sollte
aber aus irgend welchen anderen Gründen die Wirklichkeit
eines freien Willens und seine räumliche Einwirkung angenommen werden, so braucht damit noch nicht etwa die alte
Ansicht einer besonderen „Lebenskraft“ wieder hergestellt zu
werden. Von einer messbaren „Kraft“ in mechanischem Sinne
kann bei der unendlich kleinen Einwirkung im labilen Gleichgewichte nicht die Rede sein, auch würde die sogenannte
Zweckmässigkeit im Aufbau und der Entwickelung der organischen Welt und des einzelnen Organismus eine besondere
Freiheit nicht nötig haben. Es sei erlaubt, darüber Worte des
grossen Mitbegründers von der Lehre der Arbeitserhaltung
H. v. Helmholtz anzuführen („Ueber das Ziel und die Fort-
schritte der Naturwissenschaft“, in: „Populäre wissenschaft-

liche Vorträge, 2. Heft, 1876). Uebrigens blieb bei allem
Wechsel der Ausdrucksweise, mochte man nun vom Archäus,
oder von der anima inscia, oder von der Lebenskraft und
Naturheilkraft sprechen, die Fähigkeit, den Körper planmässig
aufzubauen und sich zweckmässig den äusseren Umständen zu
accommodieren, das wesentliche Attribut dieses hypothetisch
regierenden Princips der vitalistischen Theorie, für welche deshalb seinen Attributen nach auch nur der Name einer „Seele"
wirklich passte." „In der That hat die Physiologie von jeher
mit der Prinzipienfrage gekämpft: Sind alle Lebensvorgänge
absolut gesetzmässig? Oder giebt es irgend einen kleineren oder
grösseren Umfang derselben, innerhalb dessen Freiheit herrscht?"
Die absolute Gesetzmässigkeit würde durch jene Art der Einwirkung nicht umgestossen werden, das „oder", welches im angeführten Ausspruche die Gesetzmässigkeit zur Freiheit in
Gegensatz stellt, zeigt, dass jene Prinzipienfrage nicht identisch
wäre mit dieser Frage über die unendlich kleine Einwirkung
im labilen Gleichgewichte. Hierfür gäbe es keinen „kleineren
oder grösseren Umfang" der Freiheit, sondern gar keinen Umfang, da ein Punkt niemals einen Umfang besitzt. „Zwar wurde
(dieselbe Abhandlung) der Einfluss der unorganischen Natur-
kräfte (durch die Anhänger der Lebensseele) auch in den
Organismen anerkannt, indem man annahm, dass die Lebensseele Macht über die Materie mittels der physikalischen und
chemischen Kräfte der Materie selbst habe und also ohne deren
Hilfe nichts ausführen könne, dass ihr aber die Fähigkeit zu-
komme, die Wirksamkeit dieser Kräfte zu binden oder zu lösen,
je nachdem es ihr gut scheine." „Es ist aber klar, dass die
genannte Vorstellung dem Gesetze von der Erhaltung der Kraft
direkt widerspricht. Könnte die Lebenskraft die Schwere eines
Gewichtes zeitweilig aufheben, so würde dasselbe ohne Arbeit
zu beliebiger Höhe geschafft werden können, und später, wenn
die Wirkung seiner Schwere wieder freigegeben wäre, beliebig
grosse Arbeit zu leisten vermögen. So wäre Arbeit ohne Gegen-
leistung aus nichts zu schaffen. Könnte die Lebenskraft zeitweilig die chemische Anziehung des Kohlenstoffes zum Sauer-
stoff aufheben, so würde Kohlensäure ohne Arbeitsaufwand zu

zerlegen sein, und der freigewordene Kohlenstoff und Sauer-
stoff wieder neue Arbeit leisten können. In der That finden
wir aber keine Spur davon, dass die lebenden Organismen
irgend welches Quantum Arbeit ohne entsprechenden Verbrauch
erzeugen könnten.* Hierdurch ist mit unzweifelhafter Deut-
lichkeit ausgesprochen, dass mit dem Begriffe der „Lebensseele" die Erzeugung von Arbeit aus nichts verbunden wäre.
Die Annahme einer räumlichen Einwirkung eines freien Willens
in dem durch obige Ausführung gebotenen Sinne aber würde
nicht die geringste Kraftvermehrung oder Verminderung ver-
langen. Gleichwohl würde sie insofern der organischen Welt
oder vielmehr dem Teile der organischen Welt, dem man einen
freien Willen zuschreiben wollte, eine Ausnahmestellung zu-
weisen, und zwar nicht etwa dadurch, dass jene Zustände labilen
Gleichgewichtes nur in ihr vorkämen, denn sie kommen auch
in der unorganischen Welt vor oder sind wenigstens in ihr
vorstellbar, sondern dadurch, dass in der unorganischen Welt
der Augenblick des labilen Gleichgewichtes immer nur durch
messbare zum beschränkten Systeme hinzutretende Kräfte thatsächlich überwunden würde. Es genügt freilich, wie schon gesagt, von diesen hinzutretenden Kräften ein unendlich Geringes,
ein nicht messbares Etwas oder ein Nichts bezüglich des
Reichs des räumlich Messbaren zur Ueberwindung, sodass die
hinzutretende Kraft in ihrer ganzen messbaren Grösse nun
zum bisherigen Systeme hinzugeordnet werden kann und damit
ein neues System veränderter Kraftsumme bildet. Bei der
organischen Welt dagegen würde unter jener Annahme ein
einen Augenblick im labilen Gleichgewichte befindliches System
— das übrigens nebenbei durch beliebig viele Bedingungs-
gleichungen beschrieben werden könnte — durch die angenommene unendlich kleine Einwirkung aus diesem Gleichgewichte heraustreten und dann unter Benutzung der darin
bereits vorhandenen Kraftsumme in einen neuen Zustand (etwa
des stabilen Gleichgewichtes) übergehen; dieser Uebergang be-
deutete alsdann die Ausführung der freien Willensbestimmung.
Ein gradueller Unterschied freilich könnte vielleicht insofern
behauptet werden, als die organische Welt etwa mehr als die

unorganische infolge ihrer eigentümlichen Verteilung der Kräfte die Herstellung von labilen Gleichgewichtszuständen begünstigte und das Eingreifen eines freien Willens dadurch häufig möglich machte. Es brauchte auch alsdann dieses eigentümliche Getriebe nicht herzurühren von den Entscheidungen vorhergehender häufiger Willensakte, sondern es könnten etwa diese freien Willensakte überhaupt erst dann zum ersten Male möglich gewesen sein, als durch rein mechanische Entwickelung der Kräfteverteilung gewissermassen der Boden günstig vorbereitet worden wäre. Doch erschiene es nicht geradezu unmöglich anzunehmen, es werde durch das alsdann einmal eintretende und sich wiederdolende Eingreifen eines Willens die Möglichkeit vermehrt, sodass auch hierbei der Darwin'sche Grundsatz von der Anpassung an die vorteilhaftesten Lebensbedingungen — freilich in übertragenem Sinne — auf die Vermehrung der Möglichkeit von Akten freier Willensbestimmung anwendbar wäre. Wenn es z. B. wahr ist, dass man durch den sogenannten Willen auf gewisse Krankheitszustände vorteilhaft einwirken kann, und wenn man einen derartigen Willensakt als einen freien gelten lassen will, so würde die Ueberwindung eines etwaigen labilen Gleichgewichtes in diesem Falle Vorteile bringen und diese wieder ein erneutes Eintreten eines solchen Aktes in anderen Fällen begünstigen. Doch wären alles dieses blosse Phantasien, so lange nicht Gründe für die Wirklichkeit des Einwirkens eines freien Willens entweder auf empirischem Wege gegeben sind oder für die Notwendigkeit oder Zweckmässigkeit aus metaphysischen oder rein moralischen Rücksichten.

Gustav Theodor Fechner (Atomenlehre, 2. Aufl. 1864, K. XVI), der ebenso die Lebenskraft verwirft, sagt: „Ob in freien Willensakten Exception von aller Gesetzlichkeit stattfinden könne, untersuche ich hier nicht, aber den specifisch organischen Kräften mutet man zu, unabhängig von dem bewussten freien Willen nach anderen Prinzipien zu wirken als den unorganischen, und hiergegen hat der Philosoph jedenfalls das Recht zu streiten." „Erst dann würde man Anlass haben, specifisch organische Kräfte, welche aus dem allgemeinen Prinzip der Unabhängigkeit von den vorhandenen Zusammenstellungen heraustreten, anzunehmen, wenn man je aus gleichen organischen Zusammenstellungen Verschiedenes oder aus verschiedenen Zusammenstellungen das Gleiche erfolgen sähe; aber soweit sich mit Erfahrung nachkommen lässt, ist das Gegenteil der Fall." „Es gilt überhaupt die Freiheitsfrage des Willens nicht wie so oft, ja gewöhnlich geschieht, mit der Daseinsfrage des Willens zu verwechseln und zu vermengen. Wille bleibt jedenfalls, was wir in uns als als Willen fühlen, so nennen und in seinen Folgen kennen; auch wenn wir über seinen letzten Grund und sein letztes Wesen noch Zweifel hegen." „Ob der Wille selbst (S. 132) deterministisch oder indeterministisch entstanden gedacht werden soll, kommt hierbei (was wir die Kraft des Willens nennen) nicht in Frage, kurz seine Kraft ruht nur in diesem gesetzlichen Bezuge (dass dem Willen als geistigem Phänomen eine körperliche Bewegung in unserem Gehirne gesetzlich zugehört, welche eine äussere Bewegung gesetzlich nach sich zieht, insofern nicht solche durch äussere Umstände ebenso gesetzlich verhindert wird)."

Hiernach könnte man den Ausspruch, eines Menschen Wille habe nicht die Kraft, dies oder das zu erreichen, so auslegen, als ob die körperliche Bewegung, die dem Willen gesetzlich zugehört, nicht kräftig genug wäre. Wenn man aber die Freiheit des Willens in wenigstens gewissen Augenblicken eines feinen labilen Gleichgewichtes annehmen wollte, so könnte man folgendermassen auslegen: Entweder die durch Ueberwindung des labilen Gleichgewichtes in einen Zustand der Umsetzung gelangenden Kräfte haben nicht Grösse genug gegenüber den anderen ausserdem zu überwindenden hindernden Kräften des Körpers, oder es ist überhaupt nicht die Gelegenheit bei diesem Zustande des betreffenden Menschen geboten auf ein labiles Gleichgewicht hinreichender Art den freien Willen wirken zu lassen. Dann allerdings wäre das Wort „Kraft des Willens" nicht rein physikalisch als messbare Kraft zu verstehen und würde besser durch „Die Möglichkeit freier Willensentscheidung" ersetzt. Hiernach könnte man versuchen eine Theorie aufzubauen, wonach vielen Menschen allerdings in vielen Fällen die

Möglichkeit der räumlichen Einwirkung des freien Willens fehlte.
anderen unter Umständen. etwa bei genügender Feinheit ihres
mit dem moralischen Zustande zusammenhängenden Kräftespieles
solche Möglichkeit gegeben sei. Damit wäre ein Hinschreiten
nach Zuständen grösserer Vervollkommnung in ethischer Hin-
sicht, eine Begünstigung des Zustandes moralischen labilen
Gleichgewichtes nicht ausgeschlossen. Selbstverständlich könnte
solche Begünstigung nicht auf äusserlich-mechanischem Wege
direkt erfolgen, sondern es würde indirekt bei moralischer Vervollkommnung eine erhöhte Möglichkeit freier Entschliessung
erzielt, damit aber auch eine Erhöhung der moralischen Ver-
antwortlichkeit.

Hermann Lotze spricht von einem inneren Anfangszustande.
an den sich willkürliche Handlung knüpfen soll (Grundzüge der
Psychologie 1881, S. 51). „Was auch immer unsere später zu
entwickelnde Ueberzeugung über die Natur des Willens sein
mag, jedenfalls kann man ihm nicht zumuten, mehr zu thun,
als zu wollen; vollbringen kann er nur dann etwas, wenn an
einen bestimmten Willensentschluss. als an einen geistigen Zustand, eine von ihm unabhängige Naturordnung eine bestimmte
Aenderung in dem Zustand der bewegenden Nerven geknüpft
hat. Wo dies nicht der Fall ist, bleibt der Wille, der dann
bloss noch ein vergeblicher Wunsch ist. ohne alle Folgen. Will-
kürlich ist daher eine Handlung dann, wenn der innere Anfangszustand, von dem eine Bewegung als Folge entstehen würde,
nicht bloss statt hat, sondern von dem Willen gebilligt oder
adoptiert oder gewähren gelassen wird. Unwillkürlich ist jede.
die mechanisch betrachtet von demselben Anfangspunkt und
ganz in derselben Weise ausgeht. aber ohne diese Billigung
erfahren zu haben." Setze ich voraus, dass jeder seelischen
Thätigkeit, sofern sie zu räumlich ausdrückbaren Vorgängen
führt, räumliche Vorgänge im Körper genau entsprechen. so
kann ich mir jenen inneren Anfangszustand nur als den des
labilen Gleichgewichtes vorstellen. ein Ausdruck, der sich bei
Lotze in dieser Beziehung nicht findet. Unter derselben Voraussetzung kann ich mir nur durch eben diesen Zustand des
toten Punktes die Berechtigung denken. die Lotze in den Worten

ausspricht (ebenda. S. 92): „Der Metaphysik muss es überlassen bleiben. ob im übrigen der Begriff einer solchen Freiheit mit unserer ganzen Weltauffassung vereinbar ist. und der praktischen Philosophie, ob er die Vorteile verspricht. um derenwillen man ihn wagt.‟ Unmittelbar vorher steht: „Es ist nicht wahr, dass wir in unserer Selbstbeobachtung die zwingenden Gründe für alle unsere Handlungen finden. Sehr häufig finden wir gar nichts; selbst da aber, wo wir sie zu finden glauben. ist dies zweideutig; denn wenn in einer Ueberlegung die Motive für zwei entgegengesetzte Handlungen a und b lange verglichen worden sind, und dann eine Entscheidung für a eingetreten ist. so muss hinterher es immer so aussehen. als hätten die Gründe für a durch ihre eigene Stärke mechanisch die für b überwältigt; und dieser Schein müsste ganz ebenso entstehen. wenn die Entscheidung für a in der That durch eine völlig undeterminierte Freiheit herbeigeführt wäre.‟ Das Wollen soll nur mit vollem Bewusstsein geschehen, und es soll die Billigung einer vorgestellten Handlung ein aus keinem Mechanismus der Vorstellung erklärbarer Vorgang im Innern sein. Es heisst nämlich (ebenda, S. 91): „Mit Recht sprechen wir vom Wollen nur dann, wenn in einer Ueberlegung die Beweggründe zu verschiedenen Handlungen und ihre Werte mit vollem Bewusstsein verglichen, und dann eine Entscheidung für die eine von ihnen gefällt wird. Es ist ganz grundlos zu behaupten. dass wir auch dann durch den Satz „ich will‟ nichts weiter ausdrücken, als die Voraussicht des Futurum „ich werde‟. Dies würde nur dann gelten. wenn das Zeitwort, dessen Futurum wir meinen, selbst schon eine Handlung bedeutet. in deren Begriff ein vorausgegangenes Wollen bereits enthalten ist. Sonst aber wird die unbefangene Beobachtung zugeben. dass die eigentümliche Billigung einer vorgestellten Handlung oder die von dem persönlichen Ich ausgehende Adoptierung eines Entschlusses, so unmöglich es auch sein mag. sie weiter zu konstruieren. doch ein thatsächlich gegebener und aus keinem Mechanismus der Vorstellung erklärbarer Vorgang in unserem Innern ist.‟ Dadurch scheint mir nicht ausgeschlossen, dass sowohl der Vergleichung mit vollem Bewusstsein wie auch der Billigung ein körperlicher Mechanismus oder ein Zustand des körperlichen Mechanismus entspräche. Letzterer Zustand würde alsdann, falls jene Billigung eine freie, nicht mit der Notwendigkeit der räumlichen Naturgesetze erfolgende sein sollte, der Zustand des labilen Gleichgewichtes sein.

In seiner Metaphysik (Leipzig 1879, S. 492 ff.) wendet sich Lotze „gegen die, welche die Unvergleichbarkeit psychischer und materieller Wesen als Einwurf gegen jede Möglichkeit einer Wechselwirkung zwischen beiden anführen. Bliebe es bei dieser Unvergleichbarkeit, so würde es dennoch ein unbegründetes Vorurteil sein, nur Gleiches könne auf Gleiches wirken, und ein Irrtum zu glauben, in dem Falle einer Wechselwirkung zwischen Leib und Seele bleibe uns ausnahmsweise das unerforschlich, was wir in jeder Wirkung zwischen Stoff und Stoff verständen. Nur die falsche Meinung, Wirkung sei ein fertiger Zustand, von einem Substrat auf das andere übertragbar, konnte zu jener Forderung der Gleichartigkeit als einer Bedingung des möglichen Einflusses verleiten." „Aber die Form jeder Wirkung geht aus der Natur desjenigen hervor, auf welches die äussere Ursache wirkt, und wird nicht einseitig durch die letztere bestimmt." „Nur unsere sinnliche Einbildungskraft, für deren Anschauung sich freilich nur die Wechselwirkung gleichartiger Elemente wenigstens in ihrer äusserlichen Erscheinung als ein zusammenhängendes Bild darstellt, sucht für jeden Fall der Wirkung dieselbe Gleichartigkeit festzuhalten, welche sie hier als wesentliche Bedingung zu verstehen glaubt. Und hierin eben täuscht sie sich." Auch bei jeder Maschine, die geöffnet ist, sodass wir sehen, wie jedes Glied des Getriebes in das andere greift, glauben wir den Gang der Wirkung vollkommen begriffen zu haben; „aber zwischen je zweien dieser einfachsten Glieder der Kette ist doch der Zusammenhang des Wirkens ebenso unbegreiflich wie vorher, gleichviel ob die Glieder gleichartig sind oder nicht, zwischen denen er stattfindet. Sprechen wir daher von einer Wirkung zwischen der Seele und materiellen Elementen, so entbehren wir nichts als die Anschauung der äusserlichen Scenerie, welche uns die Einflüsse von Stoff auf Stoff vertrauter machen, aber sie nicht erklären; den Stoss allerdings werden wir nie sehen, den das letzte Atom des Nerven auf die Seele und sie auf dieses ausübt: aber auch zwischen zwei sichtbaren Kugeln ist der Stoss nicht die verständliche Ursache der Bewegungsmitteilung, sondern nur die anschauliche Form, unter welcher sie unbegriffen geschieht.' Hält man die Einwirkung eines freien Willens im Augenblicke des labilen Gleichgewichtes für möglich, so ist dadurch zwar nicht etwa das Einwirken des Seelischen auf Materielles erklärt, aber es ist ein wenig die Anschaulichkeit erweitert, von der Lotze spricht. Immer bleibt das Wirken unerklärlich, ob nun von Materiellem auf Materielles, oder etwa von Seelischem auf Körperliches, aber es ergiebt sich selbst dann kein Widerspruch mehr zwischen Naturnotwendigkeit und seelischer Freiheit, wenn man für jeden geistigen Vorgang irgend etwas Entsprechendes im räumlichen Bilde verlangt. Es lässt sich nicht vermeiden, bei dieser ganzen Betrachtung auch an etwaige Punkte zu denken, in die die Seele oder wenigstens der Wille, falls er einwirkt, räumlich zu verlegen ist.

Anstatt einer eigenen Auseinandersetzung, welche den Rahmen dieser Untersuchung weit übersteigen und auch die grössten Schwierigkeiten bieten würde, sei es erlaubt, auch hierin auf Lotze hinzuweisen, der ausführlich (Metaphysik, Die leibliche Begründung geistiger Thätigkeit, S. 575 ff.) darüber spricht und zu dem Schlusse kommt, dass ein einziger punktförmiger Sitz der Seele nicht nachweisbar und nicht denkbar ist, vielmehr schliesst (S. 588): „Sie ist, ohne dass darum ihre Einheit gefährdet wäre, überall daselbst, wo der Zusammenhang aller Dinge ihren eigenen Zuständen Folgezustände anderer Elemente zuordnet.' Auch hier ist vom „Anfangszustande" (S. 589) die Rede, „den die Seele in sich reproduzieren muss, damit sich nun umgekehrt an ihn die wirkliche Bewegung anschliesse", und von „Gelegenheiten" im folgenden Satze (S. 601): es ist gewiss, „dass selbst dann, wenn genaue Beobachtungen die Thätigkeit der Seele noch viel enger an den Leib und seine Regungen gebunden nachweisen sollte, als es jetzt bewiesen ist, dennoch diese Abhängigkeit unsere wesentliche Ueberzeugung nicht ändern könnte, die: dass eine Welt der Atome und ihrer

Bewegungen dennoch niemals aus sich heraus eine Spur geistigen Lebens entwickeln kann, dass sie vielmehr immer nur ein System von Gelegenheiten bildet, die einem anderen eigentümlichen Grunde die Aeusserung nur ihm möglicher Thätigkeit abgewinnen." Er glaubt zum Schluss (S. 603) ganz die „Neigung aufgeben zu müssen, metaphysische Fragen auf dem Wege mathematisch-mechanischer Konstruktion zu beantworten". Und dies hängt damit zusammen, dass er einen lebendigen thätigen „Sinn" der Welt annimmt, der dem Zusammenhange aller einzelnen Wirklichkeiten zu grunde liegt. Nimmt man auch wie Lotze an, dass die Welt metaphysisch Zweck und Sinn hat, und wollte man hinzunehmen, dass der freie Wille durch Auslösungen von labilen Gleichgewichtszuständen im räumlichen Weltbilde bemerkbare Einwirkungen zu tage brächte, so wäre damit die Giltigkeit der Naturgesetze keineswegs ausgeschlossen. Selbst wenn die Naturgesetze, wie sie für jetzt und die von uns einigermassen überschauten Jahrhunderte oder Jahrtausende gelten, sich im Verlauf von viel grösseren Zeiten ändern sollten, also etwa das Gesetz von der Erhaltung der Energie in ungeheuren Zeiträumen nicht mehr nachweisbar oder nachweisbar in veränderter Form gelten sollte, so wäre damit an sich die Gesetzlichkeit in Raum und Zeit nicht aufgegeben. Könnten wir etwa jetzt bereits diese Gesetze so formulieren, wie sie für alle Zeiten gelten, also wie sie unveränderlich sind, so würden sie möglicherweise anders ausfallen als man sie jetzt ausspricht, und es würde dennoch beispielshalber das Gesetz von der Erhaltung der Energie auch dafür richtig sein, wenn wir es vorsichtig aussprechen mit dem Zusatze: „für die bis jetzt beobachteten Zeiten und Fälle". Uebrigens setzt die moderne Naturwissenschaft diesen Zusatz stets voraus, auch wenn sie ihn im Einzelnen nicht jedesmal ausspricht. Es könnte darum sein, dass sich im Verlaufe ungeheurer Zeiten die Gesetze in gewissem „Sinne" ändern im Vergleiche zu den heute beobachteten Fällen. Sind sie aber auch in unvergänglicher Form gefunden, so ist damit doch noch nicht die Frage entschieden, was die Zeit und das Wort „unvergänglich" zu bedeuten hat. Die Einheit des Bewusstseins, die thatsächliche Existenz dessen, was man Seele nennt und nach dieser Richtung hin (unter Benutzung der Einheit des Bewusstseins) nicht räumlich-atomistisch erklären kann, weist stets auf „bildlich gesagt" eine andere Seite der Welt hin, als die räumlich-mechanische ist.

Die Ethik hat ein grosses Interesse daran, in der Frage der Willensfreiheit zu unangreifbaren Annahmen oder sicheren Schlüssen zu kommen. So kommt es, dass in jedem System der Ethik von jenem Begriffe die Rede ist. Friedrich Paulsen (System der Ethik. 3. Auflage, 1894) definiert (S. 429): „Freiheit des Willens bedeutet, nach dem allgemeinen Sprachgebrauch aller Menschen, abgesehen von jenen Metaphysikern (welche die Grille haben, Freiheit des Willens als Ursachlosigkeit des individuellen Willens oder des Wollens zu erklären), die Fähigkeit, sein Leben unabhängig von den sinnlichen Antrieben und Neigungen durch Vernunft und Gewissen nach Zwecken und Gesetzen zu bestimmen." „Ja der Mensch hat ohne Zweifel die Fähigkeit, sich selbst zu erziehen." (S. 427.) „Andererseits wird man freilich sagen müssen: dies formende Prinzip muss in ihm ursprünglich vorhanden sein, das kann er nicht mehr durch seinen Willen sich geben, denn es ist eben der innerste Wille selbst." „Nur ein schon vorhandener Grundwille kann die Ausgestaltung des empirischen Charakters im Laufe des Lebens bestimmen." — Es ist hierdurch der Wille als formendes Prinzip gewissermassen weiter nach innen verlegt. Die Freiheit des Willens wird angenommen, so weit man an der Bildung seines Charakters selbst herumarbeitet. Wenn man also im Stande ist, zu sich selbst zu sagen: „Ich will anders werden" oder soweit etwa andere durch ihr Zureden diesen Vorsatz hervorbringen können, so kann man ihn ausführen. Besteht wirklich ein Parallelismus zwischen allen Gedanken, Vernunftschlüssen etc. und den materiellen Vorgängen im Gehirne, so würde man auch für die geistige Arbeit des Selbstprüfens, des inneren Kampfes, ob man anders werden wolle, und ebenso für die durch äusseres Zureden im Geiste bewirkte Gedanken- und Gefühlsreihen parallele materielle Vorgänge (die eventuell die Kraft erschöpfen können) annehmen. Aeussere Vorgänge, z. B. die Schallwellen eines

Zuredenden, würden nach bestimmten Gesetzen in das Ohr gelangen, dort desgleichen Reize etc. hervorbringen und es würden diesselben im Gehirne — nur von der räumlich-materiellen Seite aus betrachtet — je nach der vorhandenen Verfassung im Gehirne, die dem geistigen Zustande parallel ist, materielle Aenderungen hervorbringen, die wieder den hervorgebrachten Seelenvorgängen parallel wären. In diesem Falle würde man von wirklicher Willensfreiheit in dem Sinne nicht sprechen können, dass ein Mensch im Augenblicke einer Entscheidung etwa überhaupt noch die Wahl hätte, bei der bestimmten vorausgehenden Gedankenreihe seiner eigenen Vernunft und der Beeinflussung des anderen so oder so sich zu entscheiden; er müsste vielmehr mit Notwendigkeit das thun, was aus seiner eigenen Charakterbildung, dem Stande seiner ethischen Ansichten, seiner Vernunftentwickelung (vorhergehenden Vernunftarbeit) und den äusseren Eindrücken durch zuredende Menschen folgte. Danach müsste man sich zwar nicht unter allen Umständen dem Gedanken hingeben: „mag es nun gehen wie es will, ich muss doch thun, was aus alledem folgt"; denn wenn man noch im stande ist, sich zu einer selbstbestimmenden Ueberlegung aufzuraffen, so wäre die Entscheidung bis zum Beginn dieser Ueberlegung, dieses Kampfes noch nicht erfolgt. Aber auch die Frage, ob der betreffende Mensch zu solchem Kampfe überhaupt noch gelangen kann, entschiede sich durch Notwendigkeit. Gelangt thatsächlich ein Mensch nach Beendigung aller äusseren, durch andere ausgeübten Einflüsse zum Schluss noch einmal zur sogenannten Selbstentscheidung, ist er im Stande, durch einen Fremden, etwa einen Erzieher oder Geistlichen, zu solchem seelischen Kampfe gebracht zu werden, so wäre auch dies nur eine notwendige Folge seiner ganzen Vergangenheit, und es wäre nur ein Schein, wenn man hinterher sagt: ich habe in jenem Kampfe frei wählen können. Nur der würde sich einbilden, Freiheit gehabt zu haben, der zu solchem inneren Kampfe gelangt ist, nachdem alle anderen Einflüsse aufhörten, in Wahrheit aber wäre auch dieser Kampf mitsamt seiner Entscheidung eine Notwendigkeit, deren gesetzmässige Parallelität man räumlich-materiell nach Naturnotwendigkeit angenommen hätte. Lässt man aber die Möglichkeit zu, dass im labilen Gleichgewichte alle bisherigen materiellen Vorgänge zu einem Punkte gelangen, wo sie selbst und irgendwelche materiellen dabei vorhandenen Umstände nicht den Ausschlag geben, also einem theoretisch genauen labilen Gleichgewichte, so wäre eine Entscheidung möglich bei derartiger Freiheit, dass alle die metaphysischen (an sich bestehenden) Vorgänge, welche im Räumlich-Materiellen etwas Paralleles haben, keinen Einfluss in diesem Augenblicke mehr ausüben, die Entscheidung nach hier oder dort nicht bestimmen. Dann also könnte von einer metaphysischen Freiheit die Rede sein. Diese wäre zwar vielleicht darum noch nicht eine grillenhaft angenommene vollkommene „Ursachlosigkeit", aber man dürfte doch, wenn man nun überhaupt noch von vorausgehenden Ursachen sprechen wollte, die etwa diese Willensentscheidung wieder bestimmten, solche Ursachen nicht mehr in dem Sein suchen, das im Räumlich-Materiellen parallele Vorgänge findet. Es wäre somit eine Art von metaphysischer Freiheit, freilich nur in dem ganz bestimmten, eben angegebenen Sinne möglich.

Ich kann nicht umhin, bei dieser Gelegenheit darauf einzugehen, in welcher Weise W. Wundt die psychologische Determination von der physiologischen und damit materiellen trennt und den Parallelismus auffasst. Er definiert (Ethik 1886, S. 397) „Freiheit ist die Fähigkeit eines Wesens, durch selbstbewusste Motive unmittelbar in seinen Handlungen bestimmt zu werden." „Selbstbewusstsein nehmen wir in diesem Falle nicht bloss in jenem allgemeinen psychologischen Sinne, in welchem es mit dem einfachen Ichbewusstsein identisch ist, sondern in der tieferen Bedeutung eines Bewusstseins der eigenen Persönlichkeit mit allen ihren Eigenschaften." Es fragt sich nun, ob diese Freiheit im Gegensatze zum „Zwang, den wir überall da voraussetzen, wo die unmittelbaren Ursachen des Handelns ausserhalb des Selbsbewusstseins liegen" innerhalb des Selbstbewusstseins frei von aller räumlich-gesetzmässigen Notwendigkeit ist. Wundt wendet sich entschieden dagegen

„wie Kant Causalität und mechanische Causalität geradezu im synonymen Sinne zu gebrauchen" (S. 399). Er verwirft gänzlich den Standpunkt des „Materialismus, da er eine aus den Bedürfnissen des begründenden Denkens, also der geistigen Causalität, hervorgegangene Vorstellung objektiver causaler Verknüpfung zur Causalität überhaupt macht" (S. 407.) „Das geistige Leben würde sich hier höchstens, falls man die den materiellen Gehirnprozessen parallel gehenden psychischen Erscheinungen als unmittelbar mit den ersteren gegeben ansehen wollte, in reine Phantasmagorie verwandeln, welcher der durch unser Denken hergestellte geistige Zusammenhang völlig mangelte." Er wendet sich dagegen, dass die Materie. „dieses hypothetische Substrat" (S. 404) auf unser Denken herüberwirken könne; die Mechanik des menschlichen Gehirnes sei etwas mit dem Gebiete der geistigen Causalität völlig Unvergleichbares. „Die Mechanik des menschlichen Gehirnes nach dem Vorbilde eines einfachen astronomischen Problems behandeln zu wollen, ist daher ein Unterfangen, das ungefähr die nämliche Aussicht auf Verwirklichung hat wie der Plan, das Gewicht sämtlicher Weltkörper oder den Schwerpunkt des ganzen Universums zu bestimmen." (S. 401.) Die beiden Arten von Causalitäten seien nicht vergleichbar, es sei aber „die Idee der Aussenwelt (S. 406) samt allen Begriffen, die sich auf sie beziehen, selbst in dem allgemeinen Causalzusammenhange unseres geistigen Geschehens enthalten." Die mechanische Causalität sei zwar angeregt durch den Inhalt gewisser unmittelbar gegebener Vorstellungen; „aber diese bilden nur die Gelegenheitsursachen zur Anwendung begrifflicher Konstruktionen, deren Fundamente vollständig hypothetisch und allein durch das Postulat der widerspruchslosen Verknüpfung aller auf Objekte bezogenen Vorstellungen gerechtfertigt erscheint." (S. 405.) In der geistigen Causalität sei ein fortwährendes Wachstum der Energie wahrzunehmen, „von einer Voraussagung künftiger geistiger Schöpfungen könnte selbst bei der vollständigsten Kenntnis des bisherigen Weltverlaufs nie die Rede sein". — Es möge nicht daran gezweifelt werden, dass z. B. der Unterschied zwischen einer edlen und weniger edlen That,

zwischen einem geistreichen und weniger geistreichen Ausspruche nicht ohne weiteres mechanisch gemessen werden oder
gedacht werden kann. „Die Frage (W. Wundt. Grundzüge
der physiologischen Psychologie, 4. Auflage 1893. Band 2,
S. 579), nach welchen Massbeziehungen sich die geistigen
Energiewerte bei irgend einer psychischen Entwicklung ändern,
lässt sich natürlich nur beantworten, wenn man sie nach dem
ihnen zukommenden Masstabe unter einander vergleicht, nicht
wenn man sie an irgend welchen physischen Energiegrössen
misst. an denen sie nach ihrer psychischen Bedeutung überhaupt nicht gemessen werden können." Gleichwohl wird der
Parallelismus in beiden Werken ausgesprochen. „Für alle
empirischen Verhältnisse (Ethik. S. 407 etc.). bei denen neben
der unmittelbaren inneren Auffassung der geistigen Prozesse
eine äussere in Frage kommt. ergiebt sich die allgemeine
Möglichkeit. einerseits diese Prozesse selbst nach ihren unmittelbaren Eigenschaften in den Zusammenhang des geistigen
Geschehens einzureihen, anderseits aber ihre sinnliche Aussen-
seite dem mechanischen Causalnexus unterzuordnen." „Die
psychophysische Betrachtung (Phys. Psychol. Bd. 2. S. 644) hat
von dem überall durch die Erfahrung bestätigten Satze aus-
zugehen. dass sich nichts in unserem Bewusstsein ereignet,
was nicht in bestimmten physischen Vorgängen seine sinnliche
Grundlage fände." Unser Wollen insbesondere (S. 579) sei an
den in unserem Nervensystem bereit liegenden Vorrat von
Innervationsenergie gebunden. „Beide Reihen (der psychischen
und physischen Grössen) treffen nur bei einem Punkte zusammen. wo die physische und damit auch immer die psychische Energie Null wird: ohne irgend einen Aufwand körperlicher giebt es auch keine geistige Leistung. Von da an sind
aber bei einem und demselben physischen sehr verschiedene geistige
Energiewerte möglich." Wenn ich nun die Möglichkeit der
Einwirkung eines freien Willens im labilen Gleichgewichte ver-
suchte offen zu halten, so sollte das nicht etwa heissen. der
freie Wille als etwas Seelisches. also dem sogenannten Materiellen
ganz Unvergleichbares wirke auf dieses Materielle ein — sonst
würden mit Recht jene von W. Wundt betonten Unterschei-

dungen dagegen anzuführen sein — sondern: in dem räumlichen Bilde, welches wir von der Welt haben und das wir in bestimmter Gesetzlichkeit betrachten müssen, kommt auch etwas vor, das wir in Vergleich setzen dürfen mit dem seelischen Begriffe des Willens und zwar dadurch, dass wir durch Erfahrungen, die innerhalb des räumlichen Bildes gemacht sind, dahin geführt werden, einen beschränkten Ort anzunehmen und gewisse Bedingungen, die dem seelischen Vorgange gerade entsprechen. Es könnten „die besonderen Bedingungen der objektiven Vorstellungen (Ethik S. 406)“, welche die Idee der Aussenwelt als ein Produkt unseres Denkens hervorbringen, derartige sein, dass die räumliche Vorstellung des Eintretens eines freien Willensimpulses gewisse Punkte oder Zustände (des labilen Gleichgewichtes) in sich schliesst. Von der psychischen Causalität allein aus nimmt Wundt den deterministischen Standpunkt ein, wonach wir „eingetretene Ereignisse aus ihren Ursachen erklären, allerdings nicht die Willenshandlungen aus ihren Bedingungen vorausbestimmen" (Ethik S. 409). Warum sollte nicht auch, wenn z. B. „die organischen Formen durch Willenshandlungen der lebenden Wesen selbst in ihrer Entwicklung bestimmt werden", in Bezug auf den Willen ein engerer Parallelismus möglich sein, der durch den toten Punkt Freiheit erlaubt, ohne doch dabei die physiologischen Gesetze irgendwie umzustossen? Da von einem Messen dabei überhaupt nicht die Rede ist, so könnte dieser tote Punkt ganz wohl eine Art von Berührung sein beider Reihen, die nach ganz unvergleichlichen Maassstäben zu messen seien.

Allerdings alle diese Betrachtungen drehen sich nur um die „Möglichkeit", und von da zur „Wirklichkeit" ist ein weiter Schritt, der durch blosse Erfahrung kaum wird gemacht werden können. Eine Annahme jener Wirklichkeit ohne Erfahrung aber wäre jedenfalls nur durch äusserst gewichtige Gründe zu rechtfertigen.

———

Herr Professor Dr. Alois Riehl hatte die Güte, mich nach Vorlegung des Vorstehenden auf die im Folgenden erwähnten Stellen bez. Bücher aufmerksam zu machen. Ins-

3

besondere ist mir erst zuletzt dadurch bekannt geworden ein Werk von M. J. Boussinesq (conciliation du véritable déterminisme mécanique avec l'existence de la vie et de la liberté morale), welches in Buchform erschienen, vergriffen, aber auch enthalten ist in den Mémoires de la société des sciences de Lille 1879. Darin begründet von mechanischer Seite her Boussinesq die Möglichkeit einer freien Entscheidung nach der einen oder anderen oder irgend einer Seite (S. 14 Rapport de M. Paul Janet über Boussinesq: „on peut supposer par analogie qu'elle-nämlich la nature, qui a des ressources que l'art ne connait pas-a réalisé, par un calcul transcendant qui ne dépasse pas ses forces, des cas, où non pas deux atomes, mais des milliards d'atomes, composés en système et grâce à une préparation préalable, se préteraient àdes milliards de bifurcations⁺) hin, ohne dass .der Gelehrte das Recht hätte (S. 23) zu protestieren, da seinen Differentialgleichungen immer Genüge geschieht und diese idée active nicht nötig hat in die Rechnung einzutreten. Auch hier wird gesagt, dass ein Gleichgewichtszustand dies möglich mache, und die Existenz einer (S. 133) dynamique supérieure behauptet, welcher Boussinesq den Namen dynamique du principe directeur geben möchte. Er spricht (ebenda) von einer solchen Wissenschaft: „une science qui étend son domaine depuis les confins mutuels du monde inorganique et du monde animé jusqu'à l'homme inclusivement, depuis les phénomènes de la vie inconsciente le plus infime, où ses règles sont suivies aussi pleinement que les lois physico-chimiques peuvent l'être chez le minéral, jusqu'à ceux de la volonté libre, guidée par des conseils qui engagent ou astreinte à des prescriptions qui obligent moralement tout en pouvant ètre désobéies. Cette science, encore à naitre, et dont la création permettrait de ranger la physiologie parmi les connaissances rationelles, me parait devoir être appelée la Dynamique du principe directeur ou des principes directeurs: elle serait comme un intermédiaire entre la mécanique des forces et la dynamique sociale, pourvu toutefois que celle-ci n'en constituât pas le dernier chapitre". Ich führe noch an die Stelle am Schluss der Schrift (S. 140): Les problèmes insolubles (au moins par le moment) auxquels aboutit ce mémoire, ne doivent pas nous faire oublier le résultat principal qui s'y trouve établi, et qui me parait désormais démontré en toute certitude. Il consiste en ce que les lois physiques, au sens précis, qu'on leur attribue d'ordinaire, d'équations différentielles du mouvement des systèmes matériels, ne sont nullement synonymes d'un déterminisme absolu, dans lequel sombreraient la liberté morale des êtres humains et leur responsabilité.

Notre conclusion sera donc que le physiologiste peut, sans s'écarter du plus sévère spiritualisme, étendre les lois mécaniques, physiques et chimiques à toute la matière, y compris les molécules d'un cerveau vivant. Il suffit qu'il regarde le système de ces molécules comme constitué, grâce à des conditions très-spéciales d'état initial transmissibles par hérédité, dans un certain état d'équilibre mobile, d'indifférence relative, permettant au principe directeur qui anime le système de choisir entre divers mouvements possibles. C'est ainsi qu'un ingénieur, chargé de construire un canal de long d'une ligne de faite du sol, peut, de tous les points de ce parcours singulier, distribuer à sa volonté l'eau du canal dans l'une ou dans l'autre des deux vallées adjacentes, sans avoir à la faire dévier de ses lignes de pente naturelles." Zum Schluss wendet sich Boussinesq (S. 141) an die Philosophen: „Je soumets mon essai-aux philosophes, aux naturalistes, à tous ceux, qui ont plus d'autorité que moi dans ces matières délicates. Mes efforts ont tendu à en écarter les discussions métaphysiques, tout ce qui ne serait pas un résultat de l'observation ou du calcul et se trouverait en dehors de la double voie, autant mathématique qu'expérimentale, des sciences positives."

Wie Höfler in seiner Psychologie (1897, S. 58, 9. Anm.) und in der Zeitschrift für Psychologie und Physiologie der Sinnesorgane (IX. Bd., S. 258. Anm.) berichtet, trug ihm im Jahre 1886 „Prof. Boltzmann (damals in Graz) an Ehrenfels die Mitteilung auf, dass mit dem Energiesatz eine Einwirkung des Psychischen auf das Physische nicht unverträglich sei, wenn man annehme, dass diese Einwirkung normal gegen die Niveauflächen, erfolge. Ehrenfels hat später öffentlich bei Discussionen der philosophischen Gesellschaft an der Universität Wien diese Anregung acceptiert. Bei einer neuerlichen Unterredung jüngster Tage hat mir Hofrat Boltzmann die oben angeregte Frage, ob der Satz von der Energie als Integralgesetz überhaupt eine Latitüde lasse, aus der physikalischen Erwägung bejaht, dass er die bisherigen Bemühungen der Energetiker, die gesamte Mechanik, ja die gesamte Physik ausschliesslich auf das Energiegesetz zu gründen, für nicht geglückt und für aussichtslos halte. Meiner weiteren Frage, ob es für den z. B. für das Trägheitsgesetz geforderten Begriff „physische" Kräfte nötigenfalls genüge, wenn zwar die Wirkung (räumliche Beschleunigung), nicht aber die Provenienz der Kräfte als physische gedacht werde, erwiderte Boltzmann, dass es, um von physischen Kräften zu reden, genüge, wenn die physischen Veränderungen als durch irgend welche Koordinaten, die nicht räumlich, nicht einmal bloss zeitlich sein müssen, eindeutig bestimmt angenommen werden (also nur nicht etwa eine Willensfreiheit oder dergl.). Darüber, ob es solche Kräfte gebe, solle hiermit natürlich noch nichts behauptet sein.

Auch weist Höfler (Psychologie, ebenda) auf die „allerneueste Wandlung hin, welche sich innerhalb der Physik bezüglich der Auffassung des Energiegesetzes als eines obersten physischen Princips zu vollziehen beginnt (vgl. z. B. den II. Abschnitt der Einl. zur Mechanik von Heinrich Hertz)." Derselbe (Höfler, ebenda S. 61) sagt, es sei zuzugestehen, dass „noch eine tiefer gehende Umgestaltung des Causalbegriffes (für dessen Anwendbarkeit auf die thatsächlichen Abhängigkeitsbeziehungen zwischen Physischem und Psychischem) oder Ersetzung durch einen weiter gefassten Abhängigkeitsbegriff sich als unausweichlich herausstellen mag, um an die Stelle der gegenwärtig so sehr in Ansehen stehenden Identitätstheorie einen einwurfsfreien, metaphysischen Dualismus zu setzen" usw. Insbesondere werde man bei der Abhängigkeit nach Typus I (siehe weiter unten) „den Empfindungsvorgang nicht wohl als einen dem Reizvorgange zeitlich nachfolgenden zu denken geneigt sein. Vielmehr pflegt angenommen zu werden, dass solange das centrale Hörnervenende in physiologischer Funktion

ist. streng gleichzeitig der Empfindungsvorgang stattfindet.ˑ
Typus I nennt Höfler (Psych. S. 52) die ˑHypothese des universellen Parallelismus: die gesamte Welt des Psychischen stellt eine Mannigfaltigkeit von Gliedern. a. b. c ... und zwischen ihnen waltenden Relationen $r_1\, r_2\, r_3$ ... dar, und die Welt des Physischen eine Mannigfaltigkeit von genau ebenso viel Gliedern und Relationen $\alpha,\ \beta,\ \gamma$ ... $\varrho_1\, \varrho_2\, \varrho_3$ ...; so zwar, dass jedes Element und jede Relation bzw. Complexion auf physischem Gebiete durch solche auf psychischem vertreten ist und umgekehrt.ˑ Typus II lautet (S. 53): ˑHypothese von den zwei Seiten: jene zwei parallelen Erscheinungsreihen seien nur zwei Seiten eines und desselben metaphysischen Realen.ˑ

Nimmt man einen (unvollständigen) Parallelismus zwischen Psychischem und Physischem an derart, dass jedem nach physikalischen Gesetzen räumlich Ausdrückbarem etwas Psychisches und — falls man dies stets auffinden könnte — auf psychische Art Ausdrückbares entspräche. so folgt aus eben dieser Annahme noch nicht notwendig, dass jedem psychischen Vorgange auch ein räumlich-physikalischer oder chemischer entspräche. es liegt vielmehr noch die Möglichkeit vor, dass das Gebiet des Psychischen gewissermassen grösser wäre als das des Physischen. sodass z. B. neben Willensvorgängen, die etwas Physisch-Paralleles besitzen. auch solche vorkämen. bei denen dies nicht der Fall ist. dass aber solche rein psychischen Vorgänge in Zusammenhang oder Berührung stehen könnten mit anderen. die etwas Physisch-Paralleles im Gehirne haben. Ein dieser Berührung entsprechender Punkt im Physisch-Räumlichen könnte der ˑtote Punktˑ sein. Der Begriff des Parallelismus kann so gefasst werden, dass ein eigentlicher ausdrückbarer Causalzusammenhang nur zwischen den Vorgängen des Physischen unter sich und zwischen denen des Psychischen unter sich stattfände (abgesehen von jenem als thatsächlich anerkannten Parallelismus). Es wäre dann durch die Annahme des labilen Gleichgewichtszustandes ohne Durchbrechung des Gesetzes der Arbeitserhaltung möglich. dass ein freier Wille im rein psychischen Gebiete thätig wäre und durch Causalzusammenhang solche psychischen Vorgänge veranlasste. die

etwas Paralleles im Physischen haben — nämlich die Umsetzung von Kräften beginnend aus dem Zustande des labilen
Gleichgewichtes heraus; derjenige Beobachter, welcher nur die
physischen und die diesen entsprechenden psychischen bemerken
könnte, würde dann allerdings keine Ursache für solche be-
ginnenden Vorgänge entdecken, vielmehr einfach konstatieren
müssen, dass das System aus dem labilen Gleichgewichte unendlich wenig heraustritt, und er würde versucht sein, hierfür
einen Grund im Räumlich-Physischen und entsprechend Psychischen wenigstens zu vermuten. Derjenige aber, welcher Kenntnis
vom ganzen Gebiete des Psychischen hätte oder ein solches
weiteres Gebiet annähme, würde Ursache und Wirkung im
Psychischen finden, im Physischen aber einfach das Eintreten
einer von mehreren Möglichkeiten konstatieren und sagen, jener
beschränktere Beobachter kenne nur einen Teil des Wirklichen
und wende darin unwillkürlich stets das Gesetz des Grundes
innerhalb der psychischen und physischen Reihe an, wäre aber
nicht im stande, für eine solche, aus freiem Willen hervor-
gehende Handlung die Ursache zu erkennen, müsse solche
Handlung also entweder für ursachlos erklären oder einen
falschen Grund annehmen; er selbst indessen wisse, dass es
im Gebiete des Psychischen auch hier eine Ursache gebe, im
Gebiete des Physischen aber eine Ursache nicht ausdrückbar
sei — freilich nur bei den ganz bestimmten, nicht gerade
häufigen Fällen eines sogenannten freien Willensentschlusses
d. h. physisch gewisser Störung des labilen Gleichgewichtes.

Wer einen vollständigen Parallelismus annimmt
derart, dass jedem Psychischen, wie es auch sein mag, eine
gleichgegliederte Causalreihe im Physischen entspräche, der
schliesst eben durch diese Annahme freilich jene Möglichkeit
einer freien Willensbestimmung im angegebenen Sinne aus,
ausser wenn er das Unendlichkleine als physische Daseinsform
gelten lässt.

Wer in monistischer Weise das Psychische und Physische gewissermassen als zwei Seiten eines und desselben
Wirklichen auffasst, muss immerhin anerkennen, dass wenigstens
der Form (!) der Erscheinungsart nach der Unterschied zwischen

Psychischem und Physischem bestehen bleibt (auf die Neigung
einiger Physiker — siehe E. Mach. Beiträge zur Analyse der
Empfindungen 1886. S. 16 usw. — den Zusammenhang des Ich
nur in der Kontinuität der Empfindungen zu suchen, wobei das
Wesen der Kontinuität einer genauen Begründung bedürfen
würde, erlaubt der Raum hier nicht einzugehen) und müsste
entweder annehmen, dass für jedes in psychischer Form er-
scheinende Element (oder Vorgang) auch ein entsprechendes,
dem Wesen nach zusammenfallendes, aber der Erscheinung
nach paralleles physisches Element erscheinen könne und umgekehrt; oder er müsste annehmen, dass gewisse Wesenheiten
(Vorgänge) nur in einer, etwa der psychischen Form erscheinen
könnten, andere in beiden Formen. Im ersteren Falle der
monistischen Auffassung wäre die Einwirkung eines freien Willens
im toten Punkte ausgeschlossen, ausser wenn man das Unendlichkleine als ausreichende physische Erscheinungsform für
den psychischen freien Willen gelten lässt. Im zweiten Falle
würde der Causalzusammenhang des Wirklichen bei Annahme
einer Willenseinwirkung im toten Punkte von der psychischen
Seite aus vollständiger erscheinen als von der physischen, indem bei letzterer Erscheinungsart die Eigentümlichkeit des
labilen Gleichgewichtes Schranken zieht.

Druck von Walter Möschke (Möschke & Schliephake), Leipzig.

Curriculum vitae.

Natus sum Fred. Jac. Kurt Geissler a. d. VI. Id. Jul.
anni MDCCCLIX Wandsbeckii patre Roberto scriptore pic-
toreque. Fidem profiteor evangelicam. Eruditus sum in schola
Berolinensi, quod appellatur Sophiae Gymnasium, et in gymnasio Gottingensi. Unde testimonio maturitatis impetrato
Universitatem petivi Berolinensem, ubi interfui per tres annos
scholis a professoribus habitis illustrissimis Wangerin, v. Helmholtz, Harms, Kny, Zeller, Peters, Eichler, Kirchhoff, Kummer,
Weierstrass, Websky, Paulsen, in studia philosophiae naturalis
incumbens. Potissimum id studui, ut principia philosophica
disciplinae physicae et mathematicae cognoscerem. Ex quo
tempore gymnasium egressus sum, lectionibus datis res ad
vivendum necessarias mihi comparavi. Complures annos stipen-
dium, quod appellatur Schönhauser Stiftung, mihi decrevit vir
potentissimus atque illustrissimus O. v. Bismarck. Primo id
agens, ut magistri gymnasio additi munere fungerer, postea
non optima tum usus valetudine illo destiti consilio, institutioni
incubui privatae. Nonnulla aperui studia, quae cum ad alia
tum ad instruendi artem pertineant, et apparatus quosdam
descripsi novos, quibus undarum motus demonstrentur.

www.ingramcontent.com/pod-product-compliance
Lightning Source LLC
Chambersburg PA
CBHW022206020726
47496CB00008B/2904